Maxx and Me! Maxx and Sophie's Therapeutic Journey

¡Maxx y Yo!
El viaje terapéutico de Maxx y Sophie

Dr. Ruth T. Logan

Artwork by Dominic Smith

Maxx and Me! Maxx and Sophie's Therapeutic Journey
¡Maxx y Yo! El viaje terapéutico de Maxx y Sophie

First Edition: 2021

ISBN: 9781524316570
ISBN eBook: 9781524316037

© of the text:
    Dr. Ruth T. Logan

© of the images:
    Dominic Smith

Translated by Stephanie Judd

© Layout, design and production of this edition: 2021 EBL Books

With Love and great appreciation, I dedicate this book to my young Nieces, Nephews, Great Nieces, Great Nephews, all the students I have taught, been a mentor, role model, another mother to, and all the students that have ever walked the halls of The Monroe School. Thank you for the gifts you have imparted upon me, which have manifested into me being the published author before you.

Con mucho amor y gratitud, dedico este libro a mis jóvenes sobrinos y sobrinos nietos; a todos los alumnos que he enseñado; a quienes he servido como mentora o madre sustituta, y a todos los estudiantes que han pasado por las aulas del Monroe School. Gracias por todo que me habéis dado, lo cual se manifiesta en el autor que tenéis delante.

English Version

Sophie was so excited when she woke up Christmas *morning* to find the *most* beautiful *dog* with a big red *bow* and a note attached.

The *note* read, "Hi! I'm your new friend Maxx, and I've come to play with you and help you when you are feeling sad. I know that *sometimes* you *feel* really sad and down, and you think that you *don't* have anyone you can *talk* to. Well, now you have me. You can tell me all your dreams and secrets."

Sophie, who most of the time seemed sad and down, looked up at Maxx with her big brown eyes wide open and the biggest smile her parents had ever seen on her *face*.

Sophie asked, "Is it really my *dog*? My new friend? Can I keep it?"

Sophie's parents both responded with head nods and said, "*Yes*! It's all yours!"

Sophie responded, "Oh my, this is the best Christmas gift ever! I love it already," as she scooped up the tiny sandy brown *dog* and *ran* to her *room*.

Sophie couldn't believe she had a real *dog*, her very own *dog*. Maxx was a tiny mixed-breed *dog* that was part Yorkshire and part Poodle. It was a special breed called a Yorkipoo.

Sophie had been so excited to take Maxx to her *room* that she had forgotten to ask her parents anything else *about* it. She did not know if it had *enough food*, what time it needed to be walked, or how old it was. She *decided* to take the *dog* back out to the *family* room to ask her parents more *about* it. She wanted to be *sure* that she would be a good pet owner.

As Maxx sat on her lap, Sophie asked her parents to tell her more about the *dog*. She asked them if Maxx was a boy or *girl* because she *thought* that Maxx could be *short* for Maxine. Her parents told her that Maxx was a boy *dog*. They also told her that Maxx was a *special dog* that did not shed.

Sophie was not *sure* what they meant by that, so she asked, "What do you mean that he does not shed, and why is Maxx *special*?"

They told her that Maxx would not lose his fur unless he was groomed. They said that Maxx was a *special dog* breed because he was hypoallergenic.

"What does hypoallergenic mean?" Sophie asked, struggling to say the word.

Her parents explained that it meant that Maxx would not *cause people* who have allergies to sneeze or cough around him.

Sophie still did not understand why her parents said that Maxx was a *special dog*. Sophie noticed a bright *green* tag around Maxx's neck, on his collar.

She asked her parents, "What is this tag for?"

Sophie's parents told Sophie that Maxx was a *special dog* because he was trained to be a therapy *dog*.

"A therapy *dog*?" Sophie asked curiously. "A therapy *dog*? What kind of therapy does Maxx do?" Sophie asked.

Sophie's parents laughed as her dad responded, "Maxx is called a therapy *dog* because he is trained to help *people feel* happy and safe with him. Maxx will provide you comfort when you *feel* sad or lonely, or when mommy or I am not home, and you *miss* us. When Maxx *grows* bigger in a couple of years, he can help you *feel* okay *about* going *outside* to play in the park or on the playground."

Sophie did not have any really close *friends* who could come over to her house or she could go over to their houses. She was home-schooled and only saw other *children* at *church*, the grocery store, or on the playground around the corner from her house as her parents drove by or as she walked by with her parents.

Sophie was a *special* little *girl*. She was *always* scared to go to the playground and play with the other children because she did not know what to say to them. She had a hard time talking to *people*. Sophie used to go to regular *school* but she had to *leave* because she was not comfortable talking to people. Sophie had a lot of anxiety, and making *friends* and talking to *people* was not easy for her.

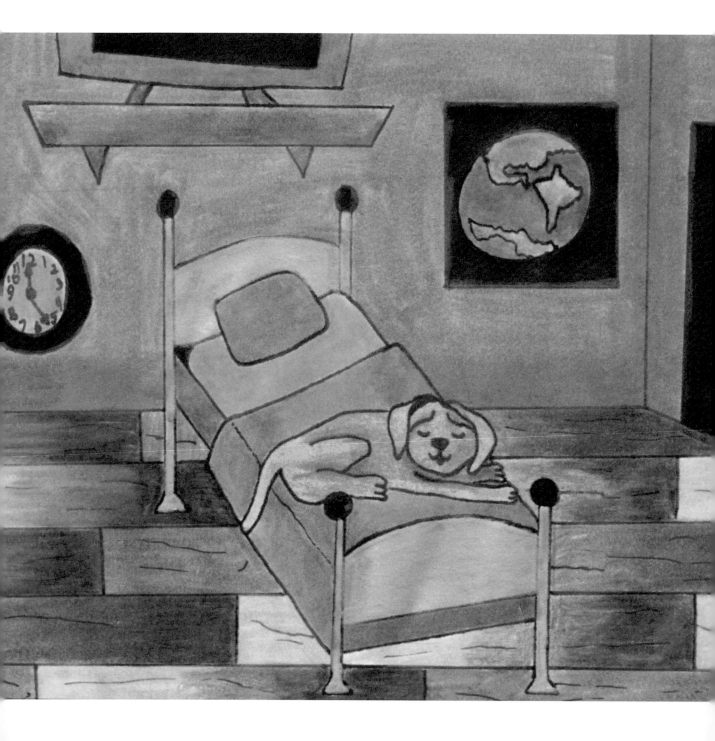

One Saturday *morning*, Sophie woke up with Maxx, now five-years-old, sleeping at the foot of her bed. Sophie did **everything** with Maxx. Maxx made her *feel* so safe and like she could do anything. Maxx was her best friend in the whole wide world. *Together*, Sophie and Maxx were the perfect team. Sophie bought into the idea that she could do anything with Maxx. She even talked to Maxx *about* the day that they would go out to the playground and play *outside* with the other kids.

That day came five years after Sophie *got* Maxx as a Christmas present. When Sophie woke up that sunny Saturday *morning*, she saw Maxx sitting in the bay window in her *room* looking *outside*.

When Maxx noticed that Sophie was *awake*, he turned to her and gave her a soft whine, and turned back to look out the window. Concerned *about* Maxx, Sophie got out of bed and walked over to the window where Maxx was sitting. As she looked out the window, she saw *children* walking to the park.

Maxx looked at Sophie and then looked back out the window. Then again, Maxx looked at Sophie and looked back out the window. Sophie *knew* what this meant. It was time for Maxx's morning *walk*. However, this morning things seemed very different with Maxx.

After she got herself ready for the day, Sophie went out to the kitchen where her mother, father, and the newest addition to the *family*, her little brother Brian, were all gathered.

Sophie's dad said, "We *thought* you were going to sleep the day away. I had to take Maxx out this *morning* for his morning walk."

Sophie looked at Maxx and then at her dad with a curious look, *while* thinking to herself, "So, if Dad already walked Maxx, why was he sitting at the window whining?"

Sophie said to her parents, "That's odd. Dad, if you already took Maxx out, I wonder why he was sitting in my window whining when I *woke* up."

Sophie's mom responded by saying, "Hmmm, that's interesting."

Her dad went on, "*Yes,* that is strange. Maybe he wants to go back *outside.* Maybe you should take him for a *walk* to the park."

Sophie said, "Me? Walk by myself with Maxx to the park with all those *people* there?" "*Sure,*" her dad said, "Maxx will be with you. You will be fine."

Sophie was scared and started to become a bit anxious. As she did, Maxx came over to her, raised his paws at her, and rested his *head* in her hand.

At that moment, Sophie felt a sense of calm and confidence in Maxx's slight gesture and *decided* to give it a try.

Once they got *outside*, Sophie was still a little uneasy as Maxx pulled her around the corner and towards the park.

As they *got* closer to the park, Sophie noticed two *girls* and a boy looking at her and Maxx.

The three *children* walked over to Sophie and said, "Your *dog* is really cute. Can we pet him?"

Sophie said, "*Sure.*"

One of the little girls said, "My name is McKayla. What's your name and your *dog*'s name?"

Sophie answered the *girl* and was surprised at how easy it seemed to her. The two girls continued to pet Maxx as the little boy *ran* back to the playground.

The other little girl said to Sophie, "My name is Gracie. That's my big sister, McKayla. Do you live around here?"

Sophie said, "*Yes*, I live around the corner just over there," as she turned and pointed toward her house.

"Do you come to the park *often*?" Gracie asked, "Because if you do, we can meet you here *sometimes* to play? Can you come back tomorrow and *bring* Maxx?"

Sophie didn't know what to say because no one had ever asked to play with her. She said, "I'll ask my parents."

The girls said, "Okay Sophie. See you tomorrow!" as they *ran* back off to the playground.

Sophie looked down at Maxx, smiled a great big smile, and said, "Maxx, you are a *special dog*. I love you Maxx."

The End!

Versión Española

Sophie estaba muy excitada cuando despertó la *mañana* de navidad al encontrar al *perro más* bonito con un gran *lazo* rojo al cuello y una *nota* adjunta.

La nota decía— ¡Hola! Soy tu nuevo amigo Maxx, y he venido a jugar contigo y a ayudarte cuando te *sientas* triste. Sé que *a veces* te sientes realmente triste y de bajón, y piensas que *no* tienes a nadie con quien *hablar.* Bueno, ahora me tienes a mí. Puedes contarme todos tus sueños y secretos.

Sophie, que la mayor parte del tiempo parecía triste y cabizbaja, miró a Maxx ojiplática con sus grandes ojos marrones y la sonrisa más grande que sus padres habían visto jamás en su *rostro*.

Sophie preguntó— ¿Es realmente mi *perro*? ¿Mi nuevo amigo? ¿Puedo quedármelo?

Los padres de Sophie respondieron a la vez asintiendo con la cabeza y dijeron— *¡Sí*! ¡Es todo tuyo!

Respondió Sophie— ¡Este es el mejor regalo de Navidad que he tenido nunca! ¡Me encanta! — dijo Sophie mientras cogía en sus brazos el pequeño *perro* marrón-arena y *corrió* a su *habitación*.

Sophie todavía no podía creerse que tenía un *perro* de carne y hueso, su propio *perro*. Maxx era un cruce de *perro* pequeño, una parte Yorkshire y una parte Poodle. Era una raza especial llamada Yorke-Poo.

Sophie había estado tan excitada por llevar a Maxx a su *habitación* que se olvidó de preguntar a sus padres algunas cosas *sobre* Maxx. Ella no sabía si tenía *comida suficiente,* a qué hora tenía que sacarlo a pasear, o cuántos meses tenía. Ella *decidió* coger a Maxx y volver al salón para preguntar a sus padres más cosas acerca de él. Ella quería estar *segura* de ser una buena dueña de mascota.

Mientras Maxx se sentaba en su regazo, Sophie pidió a sus padres que le contaran más acerca del *perro*. Ella preguntó entonces si Maxx era macho o *hembra* porque *pensó* que Maxx podía ser la *abreviatura* de Maxine. Sus padres le contaron que Maxx era macho. También le dijeron que era un *perro especial* porque no soltaba pelo.

Sophie no estaba *segura* de qué se estaban refiriendo sus padres con eso, y preguntó— ¿Qué queréis decir con que no suelta pelo y por qué es Maxx especial?

Ellos le dijeron que a Maxx no se le caería el pelo a menos que se lo corten. Le dijeron que Maxx era una raza especial de *perro* hipoalergénico.

—¿Qué significa hipoalergénico? —preguntó Sophie, mientras luchaba por repetir la palabra.

Sus padres le explicaron que Maxx no les *causaría* estornudos o tos a las *personas* alérgicas que estuvieran cerca de él.

Sophie todavía no comprendía porque sus padres decían que Maxx era un *perro especial*. Sophie advirtió una etiqueta *verde* brillante alrededor del cuello de Maxx, en su collar.

Ella les preguntó a sus padres—¿Para qué sirve esta etiqueta?

Los padres de Sophie le dijeron que Maxx era un *perro especial* porque estaba entrenado como *perro* de terapia.

—¿Un *perro* de terapia? —repitió Sophie con curiosidad—¿Qué tipo de terapia hace? — pregunto Sofía.

Los padres de Sophie se rieron mientras su padre le contestó—A Maxx lo llaman *perro* de terapia porque está entrenado para ayudar a la gente a *sentirse* feliz y *segura* en su compañía. Maxx te hará *sentir* reconfortada cuando te sientas triste o sola, o cuando mamá o yo no estemos en casa y nos *eches de menos*. Cuando Maxx *se haga mayor* en un par de años, podrá ayudarte a sentirte bien cuando salgas *fuera* a jugar en el parque o en los columpios.

Sophie realmente no tenía buenos *amigos* que pudieran ir a su casa o con los que ella pudiera ir a jugar sus casas. Ella fue educada en casa y sólo veía a otros *niños* en la *iglesia*, el supermercado o en el parque infantil al otro lado de la esquina de su casa cuando pasaba en el coche con sus padres o mientras daban un paseo juntos.

Sophie era una *niña especial*. Ella estaba *siempre* asustada por ir al parque y por jugar con otros niños porque no sabía que decirles. Tuvo dificultades para *hablar* con la gente. Antes, Sophie solía ir al *colegio* normal, pero tuvo que *dejar* de ir por no encontrarse cómoda hablando con otras *personas*. Sophie tenía mucha ansiedad, y no encontraba una forma fácil de hacer *amigos* o de *hablar* con otras *personas*.

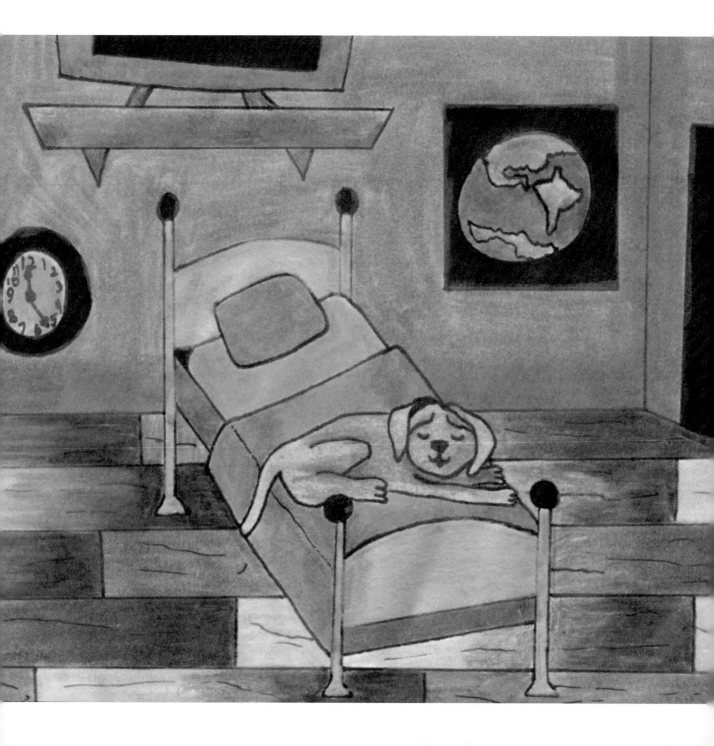

Sophie despertó una *mañana* de sábado con Maxx, que ya tenía cinco años, durmiendo a los pies de su cama. Sophie lo hacía **todo** con Maxx. Maxx le hacía *sentir* muy *segura* y capaz de hacer cualquier cosa. Maxx era su mejor *amigo* en todo el mundo. ***Juntos***, Sophie y Maxx eran el equipo perfecto. Sophie se convenció de poder hacerlo todo con Maxx. Ella incluso le habló a Maxx del día que saldrían a jugar al parque infantil o a jugar *fuera* con otros niños.

Ese día llegó cinco años después de que Sophie *recibió* a Maxx como regalo de Navidad. Cuando Sophie *despertó* esa soleada mañana de sábado, vio a Maxx sentado en el ventanal de su *habitación*, mirando al exterior.

Cuando Maxx supo que Sophie estaba despierta, se giró hacia ella y le dio un delicado lloriqueo y a continuación volvió a girarse a mirar a través de la ventana al exterior.

Maxx miró a Sophie y luego volvió a mirar por la ventana. De nuevo, Maxx miró a Sophie y miró otra vez por la ventana. Sophie *sabía* el significado de todo aquello. Era la hora del *paseo* mañanero de Maxx. Sin embargo, esta mañana vio algo muy diferente en Maxx.

Después de arreglarse, Sophie salió a la cocina donde su madre, su padre, y el nuevo miembro de la *familia*, su hermano pequeño Brian, estaban todos reunidos.

El padre de Sophie dijo—Pensamos que te ibas a quedar durmiendo todo el día. Tuve que sacar a Maxx esta *mañana* para su *paseo* matinal.

Sophie miró a Maxx y a continuación a su padre de forma curiosa, *mientras* se preguntaba a si misma—Si Papá ya ha sacado a Maxx a *pasear* esta mañana, ¿por qué estaba sentado junto a la ventana lloriqueando?

Sophie les dijo a sus padres—Es extraño. Papá, si tú habías sacado ya a Maxx, ¿por qué estaba lloriqueando sentado en mi ventana cuando me *desperté*?

La madre de Sophie respondió diciendo—Mmm, eso es interesante.

Su padre continuó diciendo—Bueno, es extraño. Quizás quiera volver a salir. Quizás debas pasearlo tú por el parque.

Sophie respondió— ¿Yo? ¿*Pasear* yo sola con Maxx por el parque con toda esa gente allí?

—Claro— dijo su padre—Maxx estará contigo. Estaréis bien.

Sophie estaba aterrada y comenzó a desarrollar signos de ansiedad. En ese momento, Maxx se acercó a ella y se levantó sobre sus patas hasta que descansó la *cabeza* en su mano.

En ese momento, Sophie se sintió calmada y con confianza en el gesto que Maxx le ofrecía y *decidió* intentarlo.

Una vez en el exterior, Sophie estaba todavía un poco inquieta, *mientras* Maxx tiraba de ella girando en la esquina en dirección al parque.

Cuando estaban cerca del parque, Sophie se dio cuenta como dos chicas y un chico les miraban a ella y a Maxx.

Los tres chicos caminaron hacia Sophie y uno de ellos dijo—Tu *perro* es súper adorable. ¿Podemos acariciarlo?

Sophie contesto—Claro.

Una de las *niñas* dijo—Mi nombre es McKayla. ¿Cuál es tu nombre y el de tu *perro*?

Sophie le contestó a la chica y se sorprendió de lo fácil que le había resultado expresarse. Las dos chicas continuaban acariciando a Maxx, *mientras* que el chico volvió corriendo a los columpios.

La otra *niña* le dijo a Sofía—Mi nombre es Gracie. Esta es mi hermana mayor, McKayla. ¿Vives cerca de aquí?

Sophie le dijo—*Sí*, vivo a la vuelta de la esquina, justo allí—mientras se volvía y apuntaba hacia la dirección de su casa.

—¿Vienes *a menudo* al parque? —preguntó Gracie—Porque si es así, podíamos quedar alguna vez por aquí para jugar. ¿Puedes venir mañana y *traer* a Maxx?

Sophie no sabía que decir porque a ella nunca nadie le había preguntado si quería jugar.

Ella dijo—Le preguntaré a mis padres.

La chica dijo—Ok Sophie. ¡Te veo mañana! —y las niñas se fueron corriendo hacia los columpios.

Sophie miró hacia abajo a Maxx y le sonrió con una gran sonrisa y dijo—¡Maxx, eres un *perro especial*! Te quiero Maxx.

FIN

About the author

Dr. Ruth T. Logan, Ph.D., has a Bachelor of Science degree in Biology, a Master of Science degree in Pharmacology and Experimental Therapeutics and a Doctor of Philosophy degree in Educational Leadership.

With nearly thirty years' teaching experience, she has worked with the learning-disabled /special needs population for 24 years while serving as a teacher, program manager, program director, high school principal, and entrepreneur. Dr. Logan began her teaching experience as a 1992 Corp Member of Teach for America. She has taught in the New York City, Baltimore City, District of Columbia (private), and Montgomery County, MD School Districts.

In 2006 Dr. Logan founded The Monroe School located in the Northeast quadrant of the District of Columbia. As a non-profit school, The Monroe School received its 501 (c)(3) status in 2014. In December of 2007, Dr. Logan founded The Maya Foundation Inc, (Metropolitan Alliance for Youth Advancement Foundation) a non-profit 501(c)(3) organization to assist students with academic scholarships, to participate in various school-based activities, sponsor annual college tours, and to provide financial assistance to those students desiring to attend college and trade programs.

Dr. Logan's spirit and love for ensuring that students reach their fullest potential drove her to explore her desire to write. This book won't only excite the reader, it serves as a tutorial for struggling readers and a place of understanding for young children experiencing challenges with anxiety.

Sobre la autora

Dra. Ruth T. Logan es licenciada en Biología, tiene un Máster de Ciencia en Farmacología y Terapéuticos Experimentales y es Doctora en Filosofía de Liderazgo Educativo.

Con casi treinta años de experiencia, ha trabajado con estudiantes con discapacidades en aprendizaje/ necesidades especiales durante 24 años mientras actuaba como maestra, gerente de programación, director de programación, director de instituto secundario, y emprendedora. La Dra. Logan empezó su experiencia laboral educativo como miembro corporativo del 1992 Teach for America. Ha enseñado en distritos escolares de New York City, Baltimore City, Distrito de Colombia (privado) y Condado de Montgomery, Maryland.

En 2006, Dra. Logan fundó The Monroe School, ubicado en el cuadrante noroeste del Distrito de Colombia. Como un colegio no lucrativo, The Monroe School recibió su estado de 201(c)(3) en 2014. En diciembre de 2007, también fundó The Maya Foundation Inc (Metropolitan Alliance for Youth Advancement Foundation), una organización sin afán de lucro para ayudar a los estudiantes con becas escolares, para participar en varias actividades escolares, patrocinar a visitas anuales a las universidades, y aportar ayuda financiera a los alumnos quienes desean estudiar en la universidad y programas de formación vocacionales.

Su entusiasmo y pasión por asegurar que los estudiantes logran su máximo potencial ha impulsado a la Dra. Logan explorar su deseo de escribir. Este libro no solamente va a emocionar a los lectores, pero también servirá como tutorial para los lectores que están teniendo dificultades académicas y un lugar comprensivo para los niños que tienen problemas con ansiedad.

About the artist

Dominic Smith is a 17-year-old kid from Dunkirk Maryland. Dom is an artist and a fashion designer; his creative styles and designs can be found on his website sorry4evrythng.com. "Fashion and art have been a passion of mine since I was little, now I am trying to make my dreams a reality."

Sobre el artista

Dominic Smith es un chico de 17 años de Dunkirk, Maryland. Dom es artista y diseñador de moda; sus estilos creativos y diseños se encuentran en su página web: sorry4evrythng.com.

"La moda y el arte siempre han sido mis pasiones desde pequeño, y ahora estoy intentando realizar a mis sueños."

Throughout the book, you will find selected sight words gathered from Dolch and Fry's List of Sight words for 3rd through 5th grade.

These words are written in blue the first time encountered, and then italicized thereafter.

Dentro del libro, encontrarás palabras comunes del listado de Dolch y Fry para lectores de 3º a 5º de primaria.

En la primera página que salgan, las palabras están escritas en azul, y después en cursiva.

SIGHT WORDS	PALABRAS COMUNES
morning	mañana
most	más
bow	lazo
note	nota
sometimes	a veces
feel	sentirse
don't	no (+ verb)
talk	hablar
face	rostro
dog	perro
Yes	si
ran	corrió

room	habitación
about	sobre
enough	suficiente
food	comida
decided	decidió
family	familia
sure	segura/ seguro
girl	hembra/ niña
thought	pensó
short	(short for) abreviatura
special	especial
cause	causaría
people	personas
green	verde
miss	(echar de menos) eches de menos
grows	(hacerse mayor) se haga mayor
Outside	fuera
friends	amigos
children	niños
church	iglesia

always	siempre
school	colegio
leave	dejar
everything	todo
together	juntos
got	recibió
awake	despierta (despierto)
knew	sabia
walk	paseo (noun) pasear (verb)
while	mientras
woke	desperté
head	cabeza
often	a menudo
bring	traer

CPSIA information can be obtained
at www.ICGtesting.com
Printed in the USA
LVRC101115270521
688666LV00026B/66